Jean-Sébastien Blanck

Ancien journaliste en presse quotidienne et auteur de nombreux romans et nouvelles sur le thème du voyage et de la découverte, Jean-Sébastien Blanck est né en 1970, à Paris. Il crée en 2007 Alzabane éditions et la collection jeunesse Histoires d'en rêver, dont il est, pour l'instant, le principal auteur.

Jiména Tello

Jiména Tello est née en Argentine, à Buenos Aires, en 1972. Elle a néanmoins vécu à Paris pendant vingt ans. Elle a fait ses études de graphisme à l'École supérieure Estienne, puis à l'École supérieure des arts décoratifs de Strasbourg. Après le recueil de fables *Lettre à Joséphine*, paru en 2009, elle signe avec *Tournelune* sa seconde collaboration pour Alzabane éditions.

À ma fille Louisa,

Ma Lune et mon Soleil,

Toi à qui j'ai si souvent raconté cette histoire,

Et qui s'est si souvent endormie avant d'en entendre la fin…

Table des matières

- Chapitre I

  Tournesol et Célestine 7

- Chapitre II

  Où comment Tournesol devint Tournelune 35

Chapitre I

Tournesol et Célestine

Voulez-vous connaître cette drôle d'histoire qu'on se raconte encore aujourd'hui dans un petit pays de collines, près des montagnes ? C'est une dame, âgée de plus de cent ans, qui me l'a racontée. Écoutez donc.

Cette dame, appelée Célestine, était alors une petite fille. Elle vivait avec ses parents dans un joli chalet. Célestine avait l'habitude de se promener tous les jours dans les prairies autour de sa maison, parce qu'elle aimait les animaux et, surtout, les fleurs.

C'est ainsi qu'un matin de printemps, elle découvrit, au milieu des herbes, une belle et grande fleur perchée sur une tige très haute.

– **C'est la plus jolie de toute la prairie !** s'écria Célestine.

Elle l'observa longtemps, en lui caressant ses pétales jaunes, si longs et si doux. Puis, elle retourna vite chez elle pour raconter sa découverte à ses parents.

Aussitôt rentrée, Célestine décrivit la fleur qu'elle avait trouvée.

– **Mais oui, on la connaît bien !** lui répondit son papa. **C'est Tournesol ! Et tous les gens du pays la connaissent bien aussi. Mais ils n'en parlent jamais, parce que, sinon, quelqu'un viendrait la cueillir, et ce serait triste car elle est très belle.**

Célestine apprit par son papa que « Tournesol » réapparaissait chaque année, au printemps. Puis, quand l'été approchait, elle remplaçait ses pétales par de plus petits, qui lui tenaient moins chaud à la tête.

Ses voisines de prairie se nommaient Violette, Coquelicot, Bleuette, Colchique ou encore Pâquerette. Elles fleurissaient aussi chaque année, dès les premiers jours du printemps, mais aucune n'avait autant grandi que Tournesol. Toutes l'admiraient donc en secret. Peut-être même, certaines se sentaient-elles un peu jalouses… Car cette fleur ne poussait pas au ras de l'herbe, comme ces ridicules fleurettes que viennent brouter les moutons, ou sur lesquelles les vaches font caca.

– **Comment fait-elle pour grandir comme ça ?** se demandait à longueur de journée la petite Coquelicot, dont les herbes la chatouillaient sans cesse.

– **Elle a forcément un secret !** disait la jolie Marguerite.

Coquelicot et Marguerite ne se trompaient pas. Pour grandir et devenir si belle, Tournesol avait bien un secret. Et ce secret, le voici.

Tournesol avait appris à se tourner, toute la journée, vers le Soleil. Et ainsi, elle en buvait tous les rayons, sans jamais s'arrêter. Le matin, dès qu'il se levait, elle tendait bien droit sa tige, puis elle écartait ses pétales. Alors, elle fermait les yeux et se laissait envahir par la douce et chaude lumière du Soleil.

Les heures passant, elle se tournait en suivant sa course dans le ciel, jusqu'à ce qu'il se couche et qu'il disparaisse derrière l'horizon. Elle adorait ça ! Voilà pourquoi, les gens du pays qui la connaissait l'appelaient Tournesol. Et même lorsqu'il y avait des nuages, même lorsqu'il pleuvait, elle savait trouver le Soleil et se tourner vers lui.

C'est ainsi qu'elle avait si bien grandi.

A la fin de la journée, lorsque le Soleil se couchait à l’horizon, Tournesol dégageait un parfum délicieux, qui embaumait toute la prairie. Les bourdons et les papillons venaient alors butiner son pollen.

Ils la chatouillaient beaucoup mais elle se laissait volontiers faire… En effet, il y avait un beau bourdon qu'elle aimait beaucoup, et qui venait souvent lui conter fleurette… C'est en tout cas ce que racontaient ces deux chipies de Millefeuille et Colchique.

– J'aimerais tellement sentir aussi bon qu'elle, soupirait Pâquerette qui admirait Tournesol.

– Moi, je trouve qu'elle nous empeste, cette dondon ! s'énervait Colchique.

Car Colchique, Coquelicot, Pâquerette et les autres attiraient non pas de beaux bourdons, mais plutôt d'horribles escargots, bien collants et bien baveux, qui adoraient venir les lécher. D'autres, comme Marguerite, se faisaient arracher les pétales par les jeunes filles amoureuses qui chantaient : « Il m'aime, un peu, beaucoup, à la folie, pas du tout. »

Mais Tournesol, elle, était bien trop haute pour les escargots ou les jeunes filles ! La vie était belle !

Puis, la nuit arrivait, et avec elle, l'heure de dormir. Heureuse de sa journée, Tournesol repliait avec soin ses pétales, puis elle s'endormait profondément. Car Tournesol avait aussi appris à dormir, sans jamais se réveiller, sans avoir peur de la nuit. Pendant son sommeil, toute la bonne lumière qu'elle avait bue se diffusait dans sa tige, dans ses feuilles, dans ses pétales et même dans ses racines !

C’était là, le secret de Tournesol : tout en dormant, elle grandissait et, chaque matin, elle semblait toujours plus belle que le jour d’avant.

Voilà donc tout ce que Célestine apprit de cette belle et grande fleur qu’on nommait Tournesol.

Mais un matin, il se produisit un phénomène extraordinaire, un phénomène dont Célestine se souvient encore et qu'elle m'a aussi raconté. Écoutez donc.
Avec les premières lueurs de l'aube, on entendit dans le ciel un très long bâillement. C'était le Soleil qui venait de se réveiller ! Avec lui, le ciel palissait et, comme chaque matin, Tournesol entrouvrit ses yeux avec bonheur. Les bons rayons se préparaient derrière l'horizon.
Elle en sentait déjà l'odeur. Mais, ce matin-là, au lieu de se lever, le Soleil fit entendre dans le ciel des grognements. Puis il bâilla de nouveau.

– Ouarmmmmmpfff… soupira-t-il. **Je crois que j'ai encore très sommeil.**

Le Soleil grogna de nouveau et ajouta :

– Je vais me reposer et dormir encore un peu !

Alors, il s'étira, bâilla et... se rendormit !
Aussitôt, on l'entendit ronfler dans tout le ciel…

Alors, dans tout le pays, de vallée en vallée, chacun se répéta l'incroyable nouvelle : le Soleil s'était recouché !

Comme chaque matin, le coq attendait sur son perchoir pour crier enfin son « cocorico ». Le ciel avait bien commencé à pâlir, mais le jour hésitait à se lever.

– Mais qu'est-ce que c'est que cette histoire, à la fin ? finit-il par s'agacer. **Qu'est-ce qui lui prend à ce fainéant de Soleil ? Il est bien l'heure, non ?**

Les poules dirent qu'en effet il était déjà bien tard et qu'à cette heure, le Soleil devrait déjà briller bien au-dessus de l'horizon et voilà qu'il disparaissait. Toutes tremblaient de peur devant cet incroyable phénomène.

Dans tout le pays, ce fut un grand désordre ! Les oiseaux ne savaient plus s'il fallait chanter et les animaux qui chassent la nuit croisèrent ceux qui chassent le jour. Chacun se demanda qui devait se lever et qui devait se coucher.

– **Moi, j'ai déjà chassé toute la nuit,** dit un renard. **J'ai sommeil et j'aimerais retourner dormir dans mon terrier.**
– **Mais que fait-il donc ?** se plaignit une chauve-souris qui, elle aussi, tombait de sommeil et attendait le jour.
– **Il paraît qu'il ne veut pas se lever ce matin,** répondit un oiseau. **Il est fatigué !**

Il n'y avait maintenant plus de doute. Le Soleil s'était bel et bien rendormi ! Et ce matin-là, le jour, à peine levé, replongea dans la nuit.

– **Bah, on a qu'à continuer à dormir,** soupira Coquelicot. **Ce n'est pas bien grave après tout. Une journée sans Soleil, ça nous reposera.**

Finalement, toutes les plantes, tous les animaux, ceux du jour comme ceux de la nuit, se recouchèrent. Et dans tout le pays, au lieu du vacarme du jour, on n'entendit plus rien d'autre que le silence de la nuit. Célestine n'oublia jamais ce drôle de matin, mais elle aussi se rendormit avec son chat. Seulement, dans ce pays près des montagnes, sur la colline, au milieu de cette prairie, parmi toutes les fleurs, il y en avait une qui ne s'était pas rendormie. Elle venait au contraire de se réveiller, et elle cherchait de sa tête le Soleil.

– **Que se passe-t-il ?** se demandait-elle avec inquiétude.

Cette fleur, c'était Tournesol… Elle se retrouvait seule dans l'obscurité. Elle commença à appeler son Soleil, et à l'appeler encore…

– **Soleil ? Soleil ?** criait Tournesol.

Rien ni personne ne répondait.

– **Ohé ! Soleil ? La nuit est finie ! C'est l'heure de se lever !**

Mais le Soleil n'entendait rien… Il dormait, encore et encore, ronflant et ronflant. Tournesol ne comprenait pas. Pourquoi faisait-il encore nuit ? Pourquoi son Soleil ne s'était-il pas levé ? On était pourtant bien le matin. Elle avait si faim de lumière…

Chapitre II

Où comment Tournesol devint Tournelune

Tournesol se sentait affreusement seule au milieu de cette nuit qu'elle découvrait. Dans le silence presque total, il lui sembla entendre des bruits étranges. Puis, dans le noir profond, elle aperçut des ombres inquiétantes, peut-être celle d'un chat ? La peur envahissait Tournesol…

Elle appela, encore et encore…

– **Soleil ? Soleil ?**

Mais, malgré ces cris, son Soleil ne venait toujours pas. Il dormait ! Une heure passa. Il continuait de ronfler derrière l'horizon. Tournesol s'inquiétait de plus en plus. Une deuxième heure passa…

Affamée, Tournesol continua d'appeler à l'aide, mais personne ne semblait l'entendre. Alors, passa une troisième heure et dans l'obscurité, elle commença à pleurer. Pourquoi le Soleil ne venait-il pas ? Elle n'avait jamais imaginé qu'un jour, il ne se lèverait pas.

– **Au secours ! J'ai faim… ! J'ai faim…** criait-elle, terrorisée, en se voyant déjà mourir.

Tout à coup, la fleur sentit quelque chose se détacher de son corps. C'était l'un de ses pétales. Tournesol se fanait ! Elle s'affaiblissait à vue d'œil ! Elle perdit un deuxième pétale, et sa tige, d'ordinaire si bien droite, commença à se courber…

Écoutez maintenant ce qui arriva…

À cet instant, au cœur de cette nuit glaciale, apparut entre deux collines, une magnifique boule blanche et éclatante… Cette boule, c'était la Lune ! Tournesol ne l'avait encore jamais vue, car d'ordinaire, la nuit, Tournesol dormait sans jamais se réveiller… Elle observa cette chose, si ronde et surtout, si lumineuse… Puis, Tournesol entendit la voix gaie et insouciante de la boule :

– Bonsoir Tournesol !
Je suis la Lune ! C'est le Soleil qui m'envoie. Excuse-moi, je devais arriver plus tôt, mais tu sais, la Lune est parfois distraite ! C'est ce que les gens disent de moi.

– **Regarde comme j'éclaire !** dit encore la Lune. **Sais-tu pourquoi je suis si lumineuse ? C'est grâce à la lumière du Soleil. Il me l'a donnée… pour que je la reflète sur toi !**

Tournesol se sentait revivre !

– **Maintenant, tourne-toi vers moi… Je vais te nourrir ! Car tu dois avoir bien faim…**

Pleine d'espoir, Tournesol rassembla ses dernières forces. Elle se redressa et ceci fait, elle se tourna vers la Lune comme elle se tournait d'habitude vers le Soleil. Puis, elle écarta bien grand ce qui lui restait de pétales.

Ces rayons de Lune pétillaient en elle et, en même temps, ils la nourrissaient ! Quel délice ! Cette lumière était aussi bonne que celle du Soleil, peut-être même plus ! Chaque seconde lui offrait une gorgée de vie et Tournesol se sentit très vite merveilleusement apaisée…

Toute la nuit, elle se tourna vers la Lune, des heures durant, en suivant sa course dans le ciel et sans qu'elle s'en rende compte, elle s'endormit de bonheur…

Quelques heures plus tard, enfin, le Soleil se réveilla ! On l'entendit bâiller à n'en plus finir. Il s'étira, et tandis qu'il apparaissait au-dessus de l'horizon, il s'écria, fort satisfait :

– Ouaaaaarf… ! Ah mes amis ! J'ai bien dormi ! Je me sens de nouveau en pleine forme !

Le Soleil, bien reposé, illumina de nouveau les collines. Les oiseaux, rassurés par le retour du jour, chantaient à tue-tête. Célestine se leva aussitôt et, tandis que les gens s'étonnaient de cette étrange nuit,

elle accourut dans la prairie pour visiter Tournesol ! C'est en voyant les rayons du Soleil sécher la rosée du matin que Célestine comprit : on était le premier jour de l'été et le Soleil avait pris des forces... !
Elle trouva Tournesol, mais celle-ci était très en colère. Elle accablait de reproches le Soleil qui se défendait comme il pouvait.

– Tu m'as abandonnée ! criait-elle. **J'ai pleuré toute la nuit ! Tu n'as donc rien entendu ?**

– **Il fallait que je dorme, Tournesol,** répondit le Soleil. **J'étais si fatigué ! Mais je ne t'ai pas oubliée. Avant de me rendormir, j'ai demandé à la Lune de veiller sur toi. Écoute, Tournesol, voilà des millions d'années que je me lève chaque matin. Et toute la journée, je donne de la lumière à tout ce qui vit sur Terre, en brillant de toutes mes forces, sans jamais me plaindre, et personne ne me remercie. J'ai bien le droit de me reposer de temps en temps…**

Tournesol et le Soleil discutèrent longtemps, et finalement, la fleur reconnut que le Soleil avait raison.

– Ne t'inquiète pas,
poursuivit le Soleil,
dorénavant, quand je dormirais, la Lune viendra et, cette fois, elle ne sera pas en retard. Elle te donnera de bons rayons comme elle l'a fait cette nuit.

Finalement, la fleur pardonna à son Soleil, qu'elle aimait tant, et se blottit dans ses chauds rayons…

Voilà ce que Célestine m’a raconté, elle qui avait assisté à cette discussion. C’est depuis ce jour, me dit-elle, que le Soleil s’offre, de temps en temps, des grasses matinées. Mais personne ne s’en rend compte. On appelle cela des nuits de pleine lune.

Car à chaque fois, la Lune apparaît, toute ronde, et bien blanche, pour nourrir la fleur. Voilà pourquoi, Tournesol n'a plus peur des nuits : elle sait que la Lune veille sur elle.

Et ces nuits-là, qui devraient être des jours, la fleur se tourne aussitôt vers elle. Elle ouvre alors grand ses pétales qui s'illuminent comme sa tige, comme ses feuilles, et même, comme ses racines ! Autour d'elle, une foule de papillons de nuit s'agite, tandis qu'elle s'endort en se gavant de la lumière bleutée.

Et comme par magie, Tournesol devient phosphorescente de la même manière qu'une luciole !

Une nuit, Célestine se réveilla car une douce clarté inondait sa chambre… Elle ouvrit les rideaux et découvrit alors le spectacle merveilleux de la pleine lune et de ses prairies illuminées. La petite fille sortit de la maison en cachette et courut voir sa fleur. Elle la trouva, lumineuse et étincelante. Célestine la contempla des heures durant et cette nuit-là, elle décida d'appeler sa fleur non plus Tournesol mais… Tournelune.

Malheureusement, Célestine en parla un peu trop à ses amies, qui en parlèrent à leurs parents, si bien que ces derniers en parlèrent à leur tour aux gens des villages voisins. Finalement, plus tard, des savants et des botanistes accoururent de toutes les vallées et les villes du pays. Ils voulaient trouver et étudier cette fleur extraordinaire, cette « princesse des nuits » comme ils la surnommaient déjà. Mais s'ils la trouvaient, peut-être allaient-ils la cueillir ? s'inquiétait Célestine.

Les savants questionnèrent Célestine et tout le village, mais heureusement, personne ne leur révéla où Tournelune se trouvait. Malgré leurs recherches, ils ne la trouvèrent jamais. Pourtant, chaque printemps, elle fleurit quelque part sur sa colline, dans sa prairie, aux côtés de ses voisines Coquelicot, Colchique et Marguerite. Elle se gorge des rayons de son Soleil et quand il ne se lève pas, elle s'illumine la nuit grâce aux rayons de sa Lune. Mais, où pousse-t-elle exactement me demanderez-vous ?

C'est au soir de sa vie, quand elle eut cent ans, que Célestine me le révéla enfin. Mais elle me fit promettre de ne le répéter à personne. C'est pourquoi vous comprendrez que je ne peux vous le dire et que c'est maintenant un secret entre… la Lune et moi !

La collection
Histoires d'en rêver

Alzabane, l'oiseau de la lune
Jean-Sébastien Blanck / Fernando Falcone
(juin 2007)

L'Un et l'Autre
Jean-Sébastien Blanck / Manuel Purdía
(juin 2007)

Un ver sous les étoiles
Jean-Sébastien Blanck / María Licciardo
(juin 2007)

L'Oiseau des steppes
Jean-Sébastien Blanck / Rodrigo Luján
(novembre 2007)

La vigne qui aimait un lierre et autres fables
Jean-Sébastien Blanck / Gastón Hauviller
(mai 2008)

La Feuille et son Vent
Jean-Sébastien Blanck / Manuel Purdía
(octobre 2008)

Le Porteur de bonnes nouvelles
Cathy Dutruch / Agnès Kellenberger Valeille
(novembre 2008)

La collection
Histoires d'en rêver

Les Maîtres parleurs
Jean-Sébastien Blanck / Jonathan Bousmar
(octobre 2009)

Chronique du bon roi Philibert
Jean-Sébastien Blanck / Jonathan Bousmar
(octobre 2009)

Heureux qui comme Ulysse (ou le premier voyage)
Jean-Sébastien Blanck / Sebastian Giacobino
(novembre 2010)

La Légende véritable du roi d'Orient (ou le second voyage)
Tome I et II
Jean-Sébastien Blanck / Esteban Sàenz de Tejada
(juillet 2012 / juillet 2013)

Tournelune
Jean-Sébastien Blanck / Jiména Tello
(octobre 2013)

Les Naufragés de la cité d'or (ou le troisième voyage)
Tome I et II
Jean-Sébastien Blanck / Rudy Lespinet
(octobre 2014 / octobre 2015)

Adressez-nous vos commentaires sur :
contact@alzabane-editions.com

46 bis, rue des Vignes – 92140 Clamart
www.alzabane-editions.com
Loi n° 49-956 du 16 juillet 1949
sur les publications destinées à la jeunesse
Dépôt légal : octobre 2013
ISBN : 978-2-35920-010-2
ISSN : 1961-2788

Imprimé par Graspo (République Tchèque)
Achevé d'imprimer : octobre 2013

alzabane éditions

Alzabane

L'Un et l'Autre

Le Lion

Un ver

(bientôt disponible)

Téléchargez sur votre
iPad, iPod Touch et **iPhone**
nos romans et contes
dans une version audio et multilingue
(français, anglais, espagnol)

Rendez-vous directement sur l'iTunes Store
ou l'Apple Store, en catégorie
Livres et Enseignement.